Julia Nachtwald

Zahltag

Krimi

Impressum

Bibliografische Information der Deutschen
Nationalbibliothek:
Die Deutsche Nationalbibliothek verzeichnet diese
Publikation in der Deutschen Nationalbibliografie;
detaillierte bibliografische Daten sind im Internet über
http://dnb.dnb.de abrufbar.

Herstellung und Verlag: BoD – Books on Demand,
Norderstedt

ISBN: 978-3-758-370977

Mittwoch, 6. November

Es schüttete wie aus Kübeln. Silvio schlug den Kragen seiner Jacke hoch und lief zu seinem Wagen. Ausgerechnet heute wo er keinen Parkplatz beim Haus gefunden hatte, musste er nochmal los.

In der Dunkelheit spiegelten sich einzelne Lichter im nassen Asphalt, Sirenen heulten. Silvio näherte sich dem Tatort. Er brauchte einen Parkplatz und zwar nicht in zweiter Reihe.

Feuerwehrleute liefen im Schein von Halogenstrahlern scheinbar kreuz und quer, und doch wusste jeder, was er zu tun hatte.

Regenwasser hatte sich am Straßenrand gesammelt und spritzte am Wagen hoch, sobald er durchfuhr. Und es regnete weiter, als sollte alles auf der Erde wegschwemmt werden.

Endlich ein freier Platz. Bernstein parkte seinen Wagen und lief zurück zum Haus. Es war ein Maserati in Flammen aufgegangen, und die Kollegen hatten bei der Suche nach Zeugen im Haus eine Leiche gefunden.

„2. Stock links. Die Tür stand offen."

Bernstein atmete durch. Ganz zur Routine werden würde der Tod für ihn nie. Er hetzte die enge Holztreppe nach oben. Diese alten Häuser hatten keinen Lift.

Lena, die Rechtsmedizinerin erwartete ihn schon.

„Ein Schuss, ins Herz, sie war gleich tot, vor einer Stunde schätze ich mal, also 20 Uhr. Das Opfer hat dem Täter geöffnet, sie hatte keine Chance."

„Hat jemand was gehört?" Silvio sah sich um. Das Team von der Spurensicherung war schon an der Arbeit.

„Die Nachbarn sicher, aber ob sie das richtig einordnen? Ich wage das zu bezweifeln, aber mach dir selbst ein Bild." Er konnte ihr ansehen, dass für sie diese Nachbarn fernsehsüchtige Proleten waren, die im Unterhemd und Jogginghose die Tür öffneten.

Die Leiche lag direkt im Eingangsbereich. Sie hatte also ihrem Mörder die Tür geöffnet. Aber warum trug sie eine Taucherbrille? Seine Augen wanderten durch die Ein-Zimmer-Wohnung. Die neuen modernen Möbel passten nicht in diese alte, ein wenig heruntergekommene Bleibe, mit Schimmelflecken an den Außenwänden und orangefarbenen Tapeten aus den 70igern. Die Wohnungstür schloss einen Wohn-Arbeitsraum mit Küchenzeile ab. Auf der Arbeitsfläche ein Küchenmesser, Salat, Zwiebeln. Die Atmosphäre hier hatte etwas von einer Zuflucht, einem Übergangsstadium. Es wirkte alles ein wenig provisorisch und passte nicht zur Qualität der Möbel.

„Hallo Bernstein." Ulla kam rein und brachte einen Schwall feuchte Nachtluft mitherein. „Die Tote heißt Tess Berger, ist Analystin, Schwerpunkt Wertpapiere, 42 Jahre, nicht verheiratet, keine Kinder; aber eine Schwester auf dem Land. Sanna Weilers, ist 3 Jahre jünger und hat mit ihrem Mann einen Bauernhof auf dem Land. Sie hat zwei Brüder Simon und Lorenz, einer älter als sie, der andere jünger. Die Schwester hat den elterlichen Hof übernommen und bewirtschaftet den mit ihrem Mann."

Bernstein sah sich um. „Und der Maserati? Gehört er ihr?"

„Nein, der gehört einem Franc Durant, der den Wagen allerdings gestohlen gemeldet hat. Und die haben diese Jugendgang geschnappt, die zwei Straßen weiter zwei Mülltonnen in Brand gesteckt hat. Heute Abend."

Ulla schnappte immer noch nach Luft. Zuviel Heilsteine und zu wenig Sport, dachte Silvio.

„Blöder Zufall oder mehr?", fragte er mehr zu sich selbst als zu Ulla.

„Dann lass mal sehen, was die Nachbarn gesehen oder gehört haben." Sie läuteten bei Schulze. Es dauerte ein wenig, dann öffnete Herr Schulze, der mit seiner Körpergröße den Türrahmen ausfüllte.

„Jetzt is es dann aber mal gut, ja. Sie sind jetzt schon die dritten heute Abend." Ein Mann, Mitte vierzig in ausgebeulten Jogginghosen und T-Shirt öffnete, hochrotes Gesicht, eine Narbe unter dem Auge. „Ich würd jetzt mal gern den Film zu Ende sehen." In der rechten Hand hielt er eine Flasche Bier, oder hielt er sich daran fest?

Den Typen interessierte es nicht, dass nebenan jemand umgebracht worden war. Was war das für ein Mensch?

„Ihre Nachbarin ist tot, aber das wissen Sie ja schon, haben Sie irgendwas gehört oder bemerkt, Herr Schulze?", fragte Silvio und bemühte sich um einen neutralen Ton.

Der Mann stierte ihn an. Die Schatten unter den Augen und die tiefen Falten in seinem Gesicht verrieten, dass er mehr als ein Bier am Tag trank.

„Es war sowas wie ein Schuss, aber es hätte auch von der Straße kommen können. Ich hab da nicht drauf geachtet."

„Was haben Sie denn gemacht?"

„Netflix gekuckt. Was sonst."

„Und sonst, lebt jemand bei ihnen?" Seine Frau tauchte hinter ihm auf. Sie hatte ein kleines Kind auf dem Arm. „Nee, wir haben nichts mitbekommen." Sie drehte sich weg und verschwand in der Wohnung.

„Ja dann." Schulze schob die Tür zu, Bernstein stellte seinen Fuß dazwischen.

„Moment, und von dem Maserati vor der Haustür wissen Sie da etwas?"

„Wie Maserati?" Es kam Bewegung in ihn. Schulze verschwand hinter der Tür und sah anscheinend aus dem Fenster.

„Ausgebrannt. Ne, nix mitbekommen." Ein Rülpser.

„Danke Herr Schulze." Bernstein ließ es dabei bewenden.

Er drehte sich zu Ulla. „Gibt es sonst noch was?"

„Ja. Das hier war nur die Zweitwohnung. Sie ist noch in Berlin Schöneberg gemeldet. Das Haus gehört ihr auch."

„Warum hat jemand eine Zweitwohnung in einer Stadt, noch dazu in dieser Gegend?" Das Gefühl, dass es mit dieser Wohnung für diese Wohnung einen Grund gab, ließ ihn nicht los. Doch Ulla verfolgte ihre eigenen Gedanken.

 „Was ist, wenn das diese Jugendbande war?", fragte Ulla. „Vielleicht ist ihnen die Sache einfach entgleist?" Sie brach ab und schnitt das nächste Thema an.

„Wer informiert die Familie? Ihre Schwester meine ich?"

„Machen wir auch morgen." Für heute reichte es. Silvio gefiel diese Sache nicht. Auch nicht, dass die Leiche quasi als Zugabe zu einem brennenden Maserati gefunden wurde. Er verabschiedete sich von Ulla und fuhr zurück. Das Wetter war immer noch ekelhaft: nass, windig, kühl.

Endlich wieder zu Hause angekommen, stapfte tropfnass hoch in den dritten Stock zu seiner Wohnung, holte sich eine Flasche Bier aus dem Kühlschrank und trat hinaus auf den Balkon. Wieder fuhr ihm der Wind ins Gesicht, Regentropfen. Silvio lehnte sich an die Hausmauer und verharrte eine Weile hier, bis die Kälte unter die Jacke kroch. Er hatte genug, er setzte sich Sofa.

Fernseher an. Eishockey. Ihm fielen die Augen zu.

Donnerstag, 7. November

Silvio graute es vor diesem Tag. Sanna Weilers wusste noch nichts vom Tod ihrer Schwester, von den Brüdern hatten sie keinen erreicht. Er holte Ulla im Büro ab. Schon am Gang roch es seltsam. Hilde kam ihm entgegen. Sie schnupperte. „Wonach riecht es denn hier?" Bernstein schwante Übles. Ulla hatte doch nicht? Er sog Luft ein. „Räucherstäbchen?" Er unterdrückte ein Grinsen. Seit Ulla auf dem Esoterik Trip brachte sie fast jede Woche was Neues mit ins Büro.

Er öffnete die Tür, dicke Qualm Wolken füllten den Raum aus. Im selben Moment ertönte ein heller schriller Ton. Hilde hielt sich die Ohren zu. „Macht das aus." Das war der Rauchmelder. Ulla stieg auf den Schreibtisch und hantierte mit dem Rauchmelder. Endlich Stille.

„Is bei euch schon Party?", fragte Tom, der den Kopf hereinsteckte. „Auf dem Tisch tanzen?"

„Ne, Feueralarm." Ulla hielt das Räucherstäbchen hoch. „Vanille-Zimt."

„Nicht schlecht."

„Dann nimm den Rest mit. Bitte Tom."
Silvio drückte Tom die übrigen
Räucherstäbchen in die Hand.

Ulla suchte immer noch nach dem
brennenden Räucherstäbchen. Endlich
tauchte sie mit hochrotem Kopf wieder auf.

„Jetzt mach` das Räucherstäbchen aus.

Ulla verzog das Gesicht. „Das reinigt aber
die Seele."

„Also meine ist ganz sauber." Silvio
grinste und lüftete gründlich durch.

„So jetzt sammeln wir erstmal die
Fakten."

Schließlich hatten sie einen Mord
aufzuklären.

Ulla setzte sich an den Rechner. „Gestern wurden auf frischer Tat ertappt

Alfonso Ruiz, Timo Sommer und Daniel Rüthers. Und zwar nur zwei Straßen weiter. Die kommen rein theoretisch für den Maserati in Frage. Die drei wurden schon mal verwarnt. Die drei haben in der Gegend schon mal Mülltonnen angezündet. Aber damals waren alle unter 14 Jahre." Sie sah auf.

„Ok, merk dir das einmal." In Silvios Gehirn arbeitete es.

Ruiz, den Namen kannte er, wenn da nicht irgendjemand aus Mathildas Verwandtschaft so hieß. Da wollte er sich

nicht damit befassen. „BEFANGEN!",
blinkte ein Warnschild in seinem Hirn auf.

„Vielleicht haben sie das Auto in Brand
gesteckt und sie hat es gesehen."

„Ja, aber glaubst du die Kids haben eine
Waffe dabei?" Silvio konnte und wollte sich
das nicht vorstellen.

„Ne, da hast du Recht, aber ganz außer
Acht lassen kann man das nicht." Ulla
beharrte auf ihrem Standpunkt,
wahrscheinlich wegen der
Räucherstäbchen.

„Gut, aber lass uns erstmal mit dieser
Sanna Weilers sprechen. Vielleicht hat sie ja
irgendeinen Hinweis für uns und ich fahre.",
sagte Silvio als Ulla nach ihren

Autoschlüsseln griff. Er hasste es Beifahrer zu sein, vor allem bei Ulla.

Sie zockelten hinaus auf `s Land.

Sanna Weilers fütterte ihre Alpakas, als Bernstein auf den Hof fuhr. Ein paar Hühner liefen frei auf der Wiese. „Alles Bio hier.", sagte Silvio.

„Ganz schon groß dieser Bauernhof.", sagte Ulla. Das Anwesen lag allein in mitten von Feldern. Es gab ein Wohnhaus, daran grenzten eine Scheune und ein Stall.

Sie überbrachten die Nachricht. Sanna Weilers war erschüttert. „Wie konnte sowas passieren? Wer macht so was?" Sie zitterte am ganzen Körper.

„Wann haben Sie ihre Schwester zum letzten Mal gesehen?"

„Vor zwei Wochen, am Wochenende."

„Und war sie anders als sonst?" Sanna überlegte. „Sie kam mir irgendwie nervös vor, ja fast ängstlich."

„Hat sie was gesagt?"

„Nein."

„Und hatte sie einen Freund, Lebensgefährten, Freundin?" Sanna runzelte die Stirn.

„Sie hatte immer wieder mal jemanden. Aber von dem letzten hat sie sich vor ein paar Monaten getrennt."

„Wissen Sie warum?"

„Er hat sie als hysterisch bezeichnet, sie hatte das Gefühl, dass er sie nicht versteht."

Sie machte eine Pause. „Es war das Übliche. Im Grunde war ihr immer ihr Job das Wichtigste im Leben. Sonst nichts. Ihr Ex, also Peter, war einmal mit dabei, also der war ganz in Ordnung. Bis auf die Tatsache, dass er verheiratet war."

„Seinen Nachnamen, wissen Sie den auch?"

„Seiler, Peter Seiler, sie kannten sich über die Arbeit. Er arbeitet bei der Bank."

„Wie war denn das Verhältnis in der Familie, so zu ihren Brüdern?", fragte Ulla.

Wieder zögerte Sanna. „Ach wissen Sie, man lebt sein eigenes Leben. Soviel Kontakt gab es da nicht mehr. Wir treffen uns alle immer wieder mal hier auf dem Hof."

„Und wo waren Sie zur Tatzeit? Also gestern zwischen 19 und 21 Uhr?"

„Mein Mann und ich waren im Stall, die Kühe versorgen. Die Kinder saßen vorm Fernseher." Ulla notierte sich das.

„Noch was, ihre Schwester hatte eine Taucherbrille auf. Können Sie sich vorstellen warum?", fragte Silvio weiter.

Sanna fing an zu grinsen. „Machte sie das also immer noch. Sie heulte beim Zwiebelschneiden immer so sehr, dass ihr

Lorenz irgendwann seine Taucherbrille aufgesetzt hat. Da waren wir alle noch Kinder."

„Ach so."

An die Zwiebeln erinnerte sich Silvio wieder. Er ärgerte sich, dass er nicht drauf gekommen war. Gleichzeitig fand er die Sache amüsant, die Geschichte hatte die Stimmung ein wenig gehoben. Ulla und er verabschiedeten sich. „Wir kommen sicher nochmal auf Sie zurück." Sanna begleitete sie hinaus und streichelte eines ihrer Alpakas.

„Und was jetzt?", fragte Ulla. „Besonders ergiebig war das hier nicht."

„Jetzt fahren wir an einem Döner vorbei und dann zu diesem Maserati Eigentümer."

„Bitte kein Döner."

„Warum?"

„Kein Fleisch.", sagte Ulla.

Oh je. Das auch noch. „Was dann? Vegetarier? Flexitarier oder gleich vegan?"

„Am liebsten Vegan, aber vegetarisch geht auch." Silvio beschleunigte. „Dann nimmst du eben Pommes." Sein Lieblingsdöner lag auf dem Weg und diese Gelegenheit würde er nutzen, da konnte sie sagen, was sie wollte. Er fuhr.

„Das ist aber …"

Silvio schüttelte sich. Vegan leben, dieses Thema hatte er mit Sandrine schon durch. Es war eine Weile her und sie aß mittlerweile wieder gelegentlich ein saftiges Steak, wenn er es für sie briet.

Er hielt am für ihn besten Döner Berlins „Döner – Mahlzeit".

„Einmal mit allem und einmal Pommes", für Ulla, die konnte doch unmöglich neben ihm hungern. Wie lecker das roch! Ihm lief das Wasser im Munde zusammen. Er zog das Kleingeld aus der Jackentasche heraus und legte es passend auf den Tresen. Draußen biss er in seinen Döner. Es tropfte ein wenig Jogurt Soße heraus, er verschlang das Fleisch mit Kraut und

Zwiebeln. Am Ende war ein wenig Brot, Salat und Tomate übrig. Damit setzte er sich zu Ulla ins Auto.

„Ist doch fast vegan.", sagte sie. Er hielt ihr die Tüte mit den Pommes unter die Nase.

„Aber Silvio, du weißt doch."

„Dann gib her." Er nahm die Tüte zurück. Doch am Ende stibitzte sie sich doch ein paar Pommes und sah ganz glücklich damit aus. Er wischte sich die fettigen Hände an der Serviette ab, packte alles in die Tüte und ließ sie hinter den Fahrersitz fallen. „Also dann. Ab zum Maserati-Fan."

Sie umfuhren einen Stau an einer Baustelle und folgten einem Müllwagen. Silvio war genervt, aber ließ es nicht raus. Ulla dagegen anscheinend esoterisch tiefenentspannt, bewunderte die Gegend.

„Schicke Gegend hier. Eine Villa neben der anderen."

„Ja, vor allem teuer ist es hier. Da musst du schon im Lotto gewinnen." Er parkte vor einer Villa, die von einem hohen schmiedeeisernen Gitter umgeben war. Sie läuteten.

„Ja bitte?" Bernstein, Kripo Berlin. Der Türöffner surrte. Eine Hausangestellte öffnete. „Herr Durant erwartet Sie."

„Guten Morgen Herr Durant." Vor Bernstein stand ein junger Mann im Dandy

Look, kariertes Sakko, weißes Hemd, weiße Hose. „Wie kann ich Ihnen helfen?"

„Es geht um ihren Wagen, er parkte gestern Abend in der Finkenstraße 52 und er ist ausgebrannt."

„Leider. Ich wurde gestern schon informiert."

„Sagt Ihnen der Name Tess Berger etwas?"

Zuckte da etwas um seine Mundwinkel? Kannte er sie? Silvio war sich nicht sicher. Der junge Mann stand mit dem Rücken zum Fenster. Der Lichteinfall verbarg leichte Regungen seiner Gesichtszüge.

„Nein. Warum?"

„Frau Tess Berger wurde gestern Abend getötet. Etwa zu der Zeit als ihr Wagen vor dem Haus ausbrannte."

„Sie wissen sicher, dass ich meinen Wagen als gestohlen gemeldet habe."

„Und wo waren Sie gestern Abend zwischen 19.00 Uhr und 21.00 Uhr?"

„Ich war essen."

„Wo und mit wem?" Er sah Ulla abschätzig an. Sein Blick blieb an ihrer abgetragenen Cordjacke hängen.

„Im Special Flavor, das werden Sie nicht kennen."

„Und mit wem?"

„Fragen Sie doch im Restaurant. Und jetzt möchte ich Sie bitten zu gehen." Das hörte sich mehr nach Aufforderung als nach Bitte an.

„Das war es ohnehin. Sie hören von uns. Auf Wiedersehen."

Ihre Schritte hallten im Marmortreppenhaus. Silvio blickte über die Brüstung der Treppe. Man konnte bis hinunter in den Keller sehen.

„Schau mal." Sie blickten auf eine Art Biotop mit Palmen, großen Monstera Dschungelpflanzen hinunter. Am Ufer lauerte ein weißes Krokodil sicher einen Meter lang. Es lag da wie in Stein gehauen.

„Ob das echt ist?", fragte Ulla. Unwillkürlich flüsterte sie.

„Es hat sich bewegt.", sagte Silvio.

„Komm gehen wir, bevor wir verfüttert werden. Mein Horoskop sagt heute: Gehen Sie keine Risiken ein."

„Hhh." Bernstein atmete aus. „Unser Herr Durant hat exotische Hobbies und ich möchte lieber nicht als „Running Sushi" für sein Kuscheltier enden."

„Das kann man sagen. Und ich bin nicht sicher, ob er die Berger nicht doch gekannt hat."

„Sie könnte ihn beraten haben, aber wie passt dieser kaltschnäuzige Typ, und das alles hier zu ihrer Wohnung?"

Ulla zuckte mit den Schultern.

„Aber ob er von ihr beraten wurde, das kann Holger rauskriegen. Er hat sämtliche Dateien und das Passwort geknackt.", sagte sie.

„Wir brauchen mehr Informationen vom Tatort. Vielleicht haben wir irgendetwas übersehen."

„Was hältst du davon, wenn wir nochmal zur Wohnung der Analystin fahren. Vielleicht hat jemand aus dem anderen

Haus etwas gehört, so dünn wie da die Wände sind.", sagte Ulla.

„Machen wir."

Sie läuteten am Haus nebenan zweiter Stock links. Die Wohnung grenzte an die von Tess Berger an. Im Treppenhaus war es kühl und feucht. Eine ältere Frau mit Kittelschürze und Lockenwickler in den Haaren öffnete. Es roch nach Kohl. „Hallo Frau Kroll."

„Bernstein, Kripo Berlin und meine Kollegin Hummer. Es geht um den Mord im Nachbarhaus."

„Kommen Sie rein."

Sie traten die Schuhe ab und folgten Frau Kroll in die Wohnung.

„Ich war schon gespannt, ob jemand kommt."

Ulla räusperte sich. „Haben Sie gestern Abend irgendwas mitbekommen?"

„Erst hat es bei ihr geläutet. Dann hat sie geschrien. Entsetzt. Und dann fiel ein Schuss. Aber es hat niemand geredet." Kraftlos ließ sie sich auf einen Küchenstuhl nieder.

„Und von dem Brand vor dem Haus, haben Sie etwas gesehen?"

„Ja, da war es schon dunkel. Also genau nicht. Aber da waren zwei Männer, sie waren schwarz angezogen und einer hat was in den Wagen hineingeworfen und dann brannte es lichterloh. Ich hatte solche Angst, dass das Feuer auf unser Wohnhaus übergreift.

„Haben Sie die Polizei informiert?"

Sie schüttelte den Kopf. „Nein, das war Frau Müller aus dem Erdgeschoß."

„Und sonst, haben Sie jemanden aus dem Haus nebenan kommen sehen?"

Sie überlegte. „Ja, es waren zwei. Aber, die sind nicht gemeinsam aus dem Haus gekommen."

„Können Sie sie näher beschreiben?"

„Es war zu finster." Sie entspannte sich. „Das ist alles, was ich weiß."

„Danke. Auf Wiedersehen."

Sie läuteten bei Müller, aber niemand öffnete.

Ulla und Bernstein liefen zurück zum Wagen, Ulla legte einen Zwischenstopp bei "Obst und Gemüse ein." Und kam mit einem laubgrünen Smoothie und einer Papiertüte wieder heraus.

Silvio griff den Hinweis von Frau Kroll auf.

„Sie hat von zwei Männern gesprochen, die den Maserati angezündet haben.

Unsere Jugendgang ist immer zu dritt unterwegs."

„Du meinst das spricht gegen sie?", fragte Ulla. Sie trank ihren Grünkohl, Spinat-Smoothie in kleinen Schlucken.

„Ja, und die zünden die Mülltonnen aus purer Langeweile an. Es ist nicht viel Aufwand, macht aber viel her.", sagte er und schüttelte sich. Wie konnte sie sowas trinken?

„Und wenn man Pech hat greift das Feuer über."

„Das war aber hier nicht der Fall." Irgendwie wünschte er sich, dass die Jugendlichen nichts mit der Sache zu tun hatten.

„Und wir wissen immer noch nicht, ob es nicht doch einen Zusammenhang zwischen dem Mord und dem Maserati gibt. Hast du Holger schon angeschrieben?"

„Das habe ich ganz vergessen." Typisch Ulla, schusselig wie immer, dachte Silvio.

Ulla tippte die Nachricht an ihren Ex. Zwischendurch hatte Silvio mal das Gefühl, es würde wieder werden mit den beiden, aber jetzt hatte Holger sich eine Steuerfachgehilfin mit blonder Mähne geangelt und Ulla verfiel in eine Sinnkrise.

„Das dauert, so wie Holger gerade drauf ist. Aber ich habe die Telefonnummer und Adresse von ihrem Ex. Diesem Peter Möller."

„Weißt du auch wo er arbeitet?"

„Turnerstraße 45."

Silvio fuhr los. In die Bank. Peter Möller war entsetzt. „Ich bitte Sie das Ganze mit Diskretion zu behandeln."

„Sie sind verheiratet?"

„Ja."

„Und wo waren Sie gestern Abend zwischen 19.00 und 21.00 Uhr?"

„Ich war mit meiner Frau zu Hause."

„Und was haben Sie gemacht?"

„Irgend so ein Krimi."

„Dann müssen wir leider mit ihrer Frau über ihr Alibi sprechen."

Möller verlor die Farbe. „Nein. Müssen Sie nicht. Ich möchte das nicht."

„Aber es geht um Mord."

„Wie lange kannten Sie sich?", fragte Ulla weiter.

„Zwei Jahre und es lief gut, sie akzeptierte, dass ich meine Frau nicht verlassen wollte."

„Und warum haben Sie sich getrennt?"

„Phh, also wenn Sie mich fragen, die Gute war überreizt, ein wenig hysterisch, sie zuckte bei jedem Geräusch zusammen, sah sich ständig um. Das grenzte schon an Verfolgungswahn. Und dann diese Geschichte mit der Zweitwohnung. Völliger Blödsinn."

Silvio erinnerte sich an seinen Eindruck, dass ihre Wohnung für ihn wie eine Zuflucht aussah, eine Art Versteck.

„Hätte jemand Grund sie zu verfolgen? Gab es beruflich was?"

„Also Sie fragen Sachen. Lassen Sie mich mal nachdenken."

Er wippte auf seinem Sessel hin und her. „Es gab eine berufliche Sache, da hat sie sich verkalkuliert. Die Aktien stiegen nicht wie berechnet. Es war einer ihrer Stammkunden und ansonsten war bei ihr immer alles perfekt. Da gab es nichts."

„Haben Sie den Namen?"

„Ja, aber den werde ich Ihnen nicht sagen. Sie brauchen nur ihren Mailverkehr durchsehen. Sie werden bestimmt fündig. Der Kunde war anfangs sehr ungehalten. Ließ sich aber wohl beruhigen. Oder eben doch nicht."

Sie verabschiedeten sich. Ulla scrollte die Nachrichten auf ihrem Handy durch. „Holger schreibt, der Maserati-Typ war Kunde bei ihr."

„Das hat er abgestritten.", sagte Silvio.

„Den nehmen wir uns nochmal vor und den andern Kunden auch."

„Was ist mit den Kids?" Ulla konnte es nicht lassen. „Abwarten. Ich setz dich am Büro ab."

Diese Sache mit den Kids. Er glaubte nicht, dass Tess Berger Angst vor ihnen hatte. Es war irgendetwas anderes. Aber er hatte keinen Schimmer was.

Silvio fuhr weiter. Er hatte Mathilda sein Versprechen gegeben und er hätte sich dafür ohrfeigen können. Ein Tango Kurs. Und das bei seinen Tanzkünsten.

Er parkte vor dem Tanzstudio. Mathilda war schon da, ganz in schwarz, ihr Haar streng nach hinten zu einem Dutt gesteckt. Die anderen Teilnehmer waren alle älter als er und Mathilda. Vielleicht sah es gar nicht so schlecht aus für ihn. Doch als sie aufstanden und aus einzelnen Wesen Paaren wurden, stellte er fest, dass diese älteren Herrschaften wohl ihr ganzes Leben lang getanzt hatten.

„Sie dürfen nicht auf ihre Füße gucken. Das sieht nicht gut aus." Aber bitte wie sollte er tanzen? Silvio fing an zu schwitzen. Das war alles nicht sein Ding. Jetzt hatte er den falschen Fuß vorne und trat Mathilda auf die Zehen.

„Ah."

„Und übrigens der Herr führt, gerade beim Tango."

Silvio rollte die Augen. Warum tat er sich das an.

In der Pause holte Mathilda Getränke.

„Hier, du schlägst dich tapfer. Aber wir müssen nochmal üben."

„Also nur wenn es sein muss." Silvio verschränkte die Arme.

„Glaub mir es muss."

Da kam die Kursleiterin dazu. „Hola, ich bin Inez aus Argentinien. Willst du nochmal mit mir tanzen?"

Mathilda nickte ihm zu und Silvio folgte Inez auf die Tanzfläche.

„Du musst die Musik und das Leben fühlen, Tango ist Leidenschaft.", sagte sie ihm ins Ohr. Ihre weiche Haut streifte seine Wange.

Silvio hörte auf zu denken und überließ sich der Musik, er tauchte ein in eine andere Welt. Jetzt lebte er den Tanz, das Gefühl. Beim nächsten Lied tanzte er mit Mathilda weiter. Er war weit weg, über den Ozean in den Armenvierteln Argentiniens, wo der

Tango entstanden war, als er Mathilda sagen hörte:

„Silvio, ich habe ein Problem."

„Wieso? Klappt doch mit dem Tanzen."

„Nicht das. Du weißt doch, ich habe eine Nichte und die hat einen Sohn Alfonso Ruiz. Und in der Zeitung stand, dass diese Gang in Frage kommt für den Mord an der Frau."

Woher hatte die Presse diese Information oder reimten die sich da was zusammen?

„Und du willst, dass ich diesen Alfonso da raushalte?" Wieder blinkte das Schild „BEFANGEN" auf. Es leuchtet in azurblau und salsa rot.

Mathilda schwieg. Dann sagte sie: „Er hat niemanden umgebracht. Aber er war in der Nacht unterwegs."

„Oh, Mathilda so geht das nicht." Ihm wurde übel. Mathildas Vorstellungen von Familie und seine Vorstellungen waren manchmal ganz verschieden.

Die nächste Runde tanzten sie verbissen, die Leichtigkeit war verflogen, er atmete erst auf als die Musik zu Ende war.

„Silvio, versprich mir, dass du tust, was möglich ist." Mathilda drückte sich an ihn. Sie duftete nach Rosen und Kirschblüten. Heiße Tage in Spanien drängten aus seiner Erinnerung nach oben.

Er lehnte sich zurück. „Nur was möglich ist." Nach einer kurzen Pause fragte er: „Waren Sie zu dritt unterwegs?"

„Ich weiß es nicht, vielleicht auch nur zu zweit."

Das war zu viel. Silvio sagte nichts, er dachte an die Aussage von der Kroll. Jetzt konnte er nur noch hoffen.

Zurück in seiner Wohnung fühlte er sich angenehm müde und wollte nicht mal mehr Bier oder raus auf den Balkon. Er duschte und legte sich ins Bett.

Was Sandrine wohl machte? Sie war in London wegen einer Sorgerechtssache.

Langwierig. Und sie meldete sich kaum.
Und sie fehlte ihm.

Um kurz nach Mitternacht riss ihn das
Handy aus dem Schlaf.

„Silvio, ich bin´s Sandrine. Was machst
du am Wochenende?" Im Hintergrund
hörte er Musik. Sie war in einer Bar.

„Äh, weiß nicht."

„Gut halt es dir frei. Ich komme.
Tschüss."

Er ließ sich aufs Kissen sinken. Was war
das jetzt? Egal. Wochenende mit Sandrine,
das war eine angenehme Überraschung.

Freitag, 08. November

Silvio atmete durch bevor er das Büro betrat. Womit würde Ulla ihn heute überraschen? Er öffnete die Tür. Moment, war das das richtige Büro? So viele Pflanzen. Ullas Schreibtisch stand schräg.

„Morgen Silvio." Ulla trat mit einer Gießkanne in der Hand hinter ihn.

„Hast du das gemacht?"

„Ja, das ist Feng-Shui und ich habe den Schreibtisch optimal für mich ausgerichtet. Ist doch in Ordnung oder?"

Er beäugte den Schreibtisch. Eine wilde Kombination aus schöner Wohnen und

Gewächshaus. Wenn das mal gut ging. Fehlten nur noch ein paar exotische Tiere.

„Das sind Heilpflanzen, die machen eine gute Atmosphäre. Ich habe sie von zu Hause mitgebracht." Ulla kam ins Schwärmen und Silvio fing an zu nießen. „Hoffentlich bin ich nicht allergisch."

„Ach was. Übrigens wir haben Ergebnisse von der KTU. Wir haben Spuren von unserem Maserati Besitzer auch in ihrer Wohnung."

„Interessant."

„Ja, finde ich auch, der kommt auf die Liste. Und jetzt sollten wir mal diese Gang unter die Lupe nehmen."

Silvio setzte sich erstmal. Tief durchatmen. Nichts anmerken lassen. Alfonso war wie seine Freunde jetzt über vierzehn.

Das Schild „BEFANGEN" leuchtete vor seinem geistigen Auge schon wieder auf.

„Lass uns das noch mal verschieben. Machen wir erst den Großkunden. Haben wir da schon eine Adresse?"

Ulla schluckte. „Ja. Du wirst es nicht glauben."

Sie schob ihm das Blatt hin. „Nein."

„Doch."

„Prominenter geht es nicht."

„Wenn wir dem auf die Füße treten, dann…"

„Lass uns den Chef miteinbeziehen."

Hilde, die Sekretärin, ließ sie vor.

Sie trugen ihr Anliegen vor. Ihr Chef drehte sich ein wenig im Bürostuhl und schwieg erstmal. Dann endlich sagte er:

„Überlegen Sie sich das gut. Haben Sie denn schon alle anderen Spuren ausgewertet? Wenn Sie dem auf die Füße treten, das gibt einen Shitstorm. Lassen Sie mich mal vorfühlen. Apropos, was sagen die sozialen Medien über die Frau?"

„Sie hat eine Website für ihr Unternehmen. Sie war auf Instagram und Facebook, hat aber beides im Frühjahr gelöscht."

„Was haben Sie denn sonst noch?"

„Dieser Frank Durant war auch in der Wohnung, hat aber abgestritten, dass er sie kennt. Und sein Auto ist vor dem Haus in Flammen aufgegangen."

„Ja, dann machen Sie mal."

Draußen fragte Ulla: „Was jetzt?"

„Abwarten und Teetrinken." Das hätte er wohl besser nicht gesagt, denn Ulla kochte Tee. Sie stellte ihm eine Tasse hin.

„Verbrüh dich nicht."

Er schnupperte. Oh, nein. War das ekelig.

„Das sind spezielle Wiesenkräuter. Sehr gesund."

So roch es auch. Ein Schluck und ihm tat der Magen weh. Wie konnte Ulla sowas nur trinken. Er sehnte sich nach Sandrine und einem guten Espresso.

Als sie draußen war, kippte er den Tee in die Gießkanne. Vielleicht vertrugen die Pflanzen das Zeug ja. Warum konnte sie nicht wie alle anderen Kaffee trinken?

Aber sie schien dieses Heilkräuterzeugs zu genießen. Zwischen zwei Schlucken sage sie:

„Komm lass uns zu den Jugendlichen fahren. Dann können wir den Punkt auf Erledigt setzen."

Silvio stäubte sich innerlich alles dagegen. Das Blinkschild war wieder da.

Aber was sollte er sagen, irgendwie hatte sie Recht und sie würde nicht locker lassen bis der Punkt erledigt war.

Die Jugendgang ließ sich nicht mehr aufschieben. Widerstrebend stand er auf und griff nach seiner Jacke. Sein Magen zog sich zusammen, wenn er daran dachte.

Sein Handy läutete. „Bernstein, kommen Sie doch noch mal."

„Sofort." Zu Ulla sagte er:

„Ulla, nimm Tom mit. Ihr beide schafft das schon. Sind ja nur Jugendliche. Ich muss zum Chef."

„Gut, mach` ich."

„Kommen Sie rein. Kaffee."

„Danke, nein." Was wollte sein Chef von ihm bloß. Er war sich keiner Schuld bewusst.

„Hören Sie, dieser Frank Durant. Lassen Sie den lieber in Ruhe."

Silvio horchte auf. „Warum, wenn ich fragen darf?"

Vorher hatte sich das noch ganz anders angehört.

„Deshalb."

Sein Chef schob ihm die Kopie eines Passes hin. „Das habe ich gerade eben bekommen. Der junge Mann genießt Immunität. Diplomatenstatus. Der Pass ist von einer Afrikanischen Republik ausgestellt. Also stochern Sie bitte nicht mehr in seinem Privatleben herum. Ich hatte da einen unschönen Anruf. Sie verstehen."

„Selbstverständlich."

„Und ich habe mir sagen lassen, sein Alibi sei wasserdicht, was den Mord angeht. Was mit seinem ausgebrannten Maserati ist, das geben Sie mal an die Abteilung Betrug weiter. Das interessiert uns nicht. Die werden zwar auch am Diplomatenstatus scheitern. Aber gut."

Den konnte er damit abhaken. Blöd, dass Ulla schon zu den Jungs unterwegs war. Wenn die bloß nicht in diese Sache verwickelt waren. Mathilda würde kein Wort mehr mit ihm reden. Zumindest für eine längere Zeit, bis zum nächsten Sommer oder bis zum nächsten Besuch von Esmeralda.

Er schnappte sich die Schlüssel für Bergers tolle Wohnung, die sie verlassen hatte. Mal sehen, wie dort aussah. Silvio atmete langsam aus, als er ausstieg und zum Eingang schlenderte. Dafür hatte Tess Berger sicher eine schlappe Million hingeblättert. Und warum wohnte sie dann in so einer armseligen Behausung? Im Erdgeschoss hatte sie ihr Büro und oben eine Wohnung, modern, teuer, exklusiv. Hierher passte der Maserati Typ, nicht in die Finkenstraße. Silvio öffnete den Kühlschrank. Mineralwasser, ein abgelaufener Smoothie. Sie war wohl schon länger nicht mehr hier gewesen. Im Kleiderschrank Hosenanzüge, Blusen. Das passte hierher, aber nicht dorthin, wo man sie gefunden hatte. Warum war sie umgezogen? Irgendetwas passte an der ganzen Sache nicht. Nur was?

Zurück im Büro telefonierte er mit Tess Bergers Bruder Lorenz. Diesen Simon erreichte er einfach nicht.

„Ja, ich hab es schon gehört. Tess ist tot. Wo ich an dem Abend war? Das kann ich ihnen sagen. Auf dem Geburtstag von meinem Chef im L`Osteria neben unserer Firma. "

„Also haben Sie genügend Zeugen."

„Das dürfen Sie glauben. Können Sie gerne nachprüfen."

„Und wie haben Sie sich so verstanden in der Familie?"

„Ja, war schon ok."

„Wann haben Sie ihre Schwester zum letzten Mal gesehen."

„Ist schon eine Weile her. Simon und sie können nicht mehr miteinander seit damals. Also gehen wir uns immer aus dem Weg. Einmal ist Simon da, einmal Tess."

„Was war damals?"

Es war still in der Leitung. „Hallo, Herr Berger sind Sie noch da?"

„Ja, äh, das hätte ich Ihnen vielleicht nicht sagen sollen, aber egal. Tess hat Simon damals angezeigt."

„Warum?" Silvios Neugierde war geweckt.

„Wir hatten auf dem Hof ein freies Zimmer und Simon hat genau da seine Hanfplantage eingerichtet. Und Tess wollte damals schon als Analystin arbeiten, während der Semesterferien. Sie hatte so sagen wir „Zuarbeit"-Jobs. Und da hat sie ihn angezeigt. Damit das Zimmer frei wurde."

Das war ein Ding. Dann hätte dieser Simon einen Grund, ein Motiv.

„Aber das ist schon ewig her! Aber vertragen haben sich die beiden nie mehr richtig. Trotzdem für Simon lege ich meine Hand ins Feuer."

Silvio legte auf. Sein Blick schweifte über die Fensterbank. Diese Pflanzen, wenn sie nicht überall herumstehen würden. Er befühlte die Erde, ganz schön trocken. Und er goss die Pflanzen großzügig, und schob Ullas Schreibtisch ein klein wenig zurück.

Er bemühte sich in den Unterlagen die Daten von Simon Berger zu finden.

Bevor er etwas Erfolg hatte, kam Ulla zurück, und mit ihr seine Anspannung und sein ungutes Gefühl.

„Was war?", fragte er.

Ulla zog ihre Jacke aus, holte sich ein Glas Wasser.

„Also, die Jungs, haben die Mülltonnen in Brand gesteckt, dabei wurden sie ja auch erwischt. Dann sind sie noch in den Jugendtreff gegangen. Bis auf einen." Silvio wurde es heiß.

„Wer?"

„Dieser Alfonso. Der war bei seiner Freundin." Sie lachte. „Ich musste hoch und heilig versprechen nix zu sagen. Das mit der Freundin weiß keiner."

Silvio fühlte sich plötzlich leicht. „Also alle haben für die Tatzeit ein Alibi."

Ulla nickte, verschluckte sich am Wasser. „Auch für die Zeit mit dem Maserati, das war ja kurz vorher."

Silvio war zum Jubeln. Er konnte Mathilda wieder unter die Augen treten.

Es war Zeit zu fürs Wochenende. Sandrine abholen. Gleichzeitig fühlte er sich mies. Sie hatten keinen Schimmer, wer Tess Berger umgebracht hatte. Trotzdem er brauchte jetzt einfach eine Pause.

„Warte, wolltest du nicht noch zu dieser Frau Möller?"

„Ich kann nicht, nimm Tom mit." Silvio grinste. Tom und Ulla verstanden sich gut und waren beide Single. Vielleicht löste das das Esoterik Problem.

Von Freitagabend, 08. November bis Sonntag, 10. November: Weekend mit Sandrine

Silvio kaufte Steaks ein beim Metzger seines Vertrauens, klopfte sie, würzte und zupfte den Salat. Er schnitt Tomaten, Paprika und Gurken. Um halb neun abends würde Sandrine landen. Doch sie rief an: „Silvio, ich bin im Londoner Verkehrschaos stecken geblieben, hab den Flug verpasst. Ich ruf dich wieder an."

Seine Laune ging unter null. Das war wieder typisch Sandrine. Sie konnte sich irgendwo nicht losreißen und verpasste den Flug.

Er öffnete die Balkontür, er sehnte sich nach Ruhe und Frieden. Das erste was er roch war Grillkohle, es qualmte vom Balkon nebenan herüber. Gläser klirrten, Gesprächsfetzen, Stimmengewirr. Klappern von Besteck und Tellern. Und dann drehten sie die Musik laut. Der Grillmeister kam raus, mit Zange, Gabel in kurzem T-Shirt, die Arme voll mit Tattoos. Silvio schluckte. Es war besser, wenn Sandrine erst später kam. Der Typ registrierte ihn nicht.

Ob die Wohnung über fürs Wochenende an Fußballfans vermietet wurde?

Der Schall übertrug sich über den Fußboden. Es war zu laut. Wie viele Leute waren da nebenan? Auf jeden Fall zu viele, um sich mit denen zu streiten. Dann läutete es. Wer war das jetzt? Zwei Mädchen standen vor der Tür. „Äh wir wollten fragen, ob Sie Orangensaft da haben, unsere Freundin ist schwanger und die Jungs haben nur Bier und Cola gekauft."

Silvio drückte ihnen eine Flasche in die Hand. Das konnte ja heiter werden, aber jetzt nahm er die Sache hin, er schnappte sich ein Bier aus dem Kühlschrank und stellte sich wieder raus auf den Balkon. Der Typ grinste rüber. „Wollen Sie auch was? Die sind echt lecker. Für den Orangensaft." Er kam ans Geländer und hielt ihm den Spieß mit zwei Würstchen drauf vor die Nase. „Danke." Silvio aß die Würstchen von der Hand. Lecker, er zog sich in die Wohnung zurück. Die Zeit verging, er schaute Sport, tauchte ab ins Wochenende.

Dann horchte er auf. Es war still nebenan. Eine Ruhe, als wäre nie etwas gewesen. Er schaute vom Balkon aus rüber. Der Grill war aus. Alle waren weg.

In seine Gedanken hinein, hörte er den Schlüssel. Sandrine.

Der Abend entwickelte sich zum Besten. Sandrine verschlang das Steak und den Salat. Sie lagen satt und zufrieden auf der Couch bis sie im Halbschlaf sagte: „Bernstein, komm mit mir nach London." Silvio strich ihr übers Haar. „Träum weiter."

Sie wachten ineinander verschlungen auf und Sandrine gähnte. „Silvio, bei dir ist es schön." Es war so schön, dass er den Tango-Nachmittag mit Mathilda aus seinem Bewusstsein verschwand und er das Telefon nicht hörte.

Montag, 11. November

Als Silvio wieder ins Büro kam, ließen die Pflanzen alles hängen. Wie konnten die verwelken, er hatte ihnen doch noch Wasser reingekippt.

Ulla war noch nicht da. Aber sie kam im rechten Moment.

Sein Telefon läutete, es schrillte viel mehr.

„Möller hier, ich habe Ihnen doch gesagt, dass Sie meine Frau nicht befragen sollen."

„Herr Möller es geht um ihr Alibi in einem Mordfall."

„Aber ich habe doch gar kein Motiv. Jedenfalls denkt meine Frau an Scheidung."

Ulla zog die Jacke aus und hängte sie über die Lehne. Sie machte ihm ein Zeichen.

„Moment, Herr Möller."

Er nickte Ulla zu. „Die Nachbarin hat gesagt, dass beide Möllers zur Tatzeit unterwegs waren.", sagte sie.

Silvio fühlte sich gleich besser mit dieser Information. Er trommelte mit den Fingern auf die Tischplatte.

„Also, wir haben eine Zeugin die aussagt, dass Sie und ihre Frau beide unterwegs waren zur Tatzeit."

Herr Möller sagte erst nichts mehr, dann:

„Ja, da habe ich mich wohl im Tag vertan." Aufgelegt.

„Mit dem müssen wir nochmal reden.", sagte Ulla.

„Ja, aber in einem Punkt hat er Recht. Er hat kein Motiv. Ihre Schwester sagt, die Tess hätte sich von ihm getrennt.", sagte Silvio.

Silvio kribbelte es. Mit jedem Tag der verging, verlief sich die Spur ein wenig mehr. Und sie stocherten im Nebel. Er erzählte Ulla von diesem Simon.

Ulla inspizierte ihre Pflanzen ab, befühlte sie. Sie hingen schlaff und leicht gelblich über die Blumentöpfe.

„Die gehen ein. Da ist nichts mehr zu machen."

„Aber ich habe sie gegossen."

„Alles klar du meinst ertränkt. Silvio, du hast einfach keinen grünen Daumen."

„Ulla es tut mir leid." Dabei war er erleichtert, dass die Fensterbänke wieder frei waren und das Fenster ohne großes Herumumräumen zu öffnen war.

„Wir müssen noch zu Berger und ich frage mich immer noch, wovor sie Angst hatte."

„Du meinst sie hatte Angst vor ihrem Bruder?"

„Ich weiß es nicht. Aber ich würde den Typen gerne mal sehen.", sagte Silvio.

Simon Berger lebte in einer kleinen Sozialwohnung am Stadtrand. Sie wirkte abgewohnt und war vollgequalmt. Simon rauchte mehr als nur gelegentlich. So steckte er sich auch jetzt sofort eine Zigarette an, als Bernstein ihn fragte:

„Wo waren Sie als ihre Schwester umgebracht wurde, also zwischen 19.00 und 21 Uhr?"

Simon stieß den Zigarettenrauch aus. „Ich habe gearbeitet."

„Und wo?"

„Im Pizzalieferdienst Miranda."

„Wann haben Sie Schluss gemacht?" Simon überlegte, zog nochmal an der Zigarette.

„So gegen neun Uhr abends."

„Ok. Und was sagen Sie zu der Sache mit der Hanfplantage?"

Seine Hand zitterte als er die Zigarette im Aschenbecher ausdrückte.

„Was wollen Sie jetzt mit dieser alten Geschichte? Glauben Sie mir, Tess hat sich auch bei anderen Leuten unbeliebt gemacht. Nicht nur bei mir."

„Warum?"

„Weil sie eben Tess war, immer ordentlich, immer alles korrekt und immer schön leise. Und jeder der was anders machte als sie es für richtig hielt störte. Einmal ist sie sogar deshalb umgezogen. Aber das ist schon lang her."

Das war eine neue Seite an Tess Berger.

„Ok, das war es dann erstmal."

„Wo ist denn dieser Pizzalieferservice?", fragte Silvio im Gehen. Ulla googelte am Handy.

„Phh, das glaubst du nicht."

„Was?"

„Der Lieferdienst ist in der Nähe vom Tatort."

„Da fahren wir jetzt hin und wir lassen uns seine Touren geben."

„Auf zum Pizzadienst Miranda".

Der Pizzaservice „Miranda" befand sich in einem schmalen Haus, das sich zwischen zwei Klötze zwängte. Klein und schmal, reichte die Fläche gerade so für eine Küche und den Abhol- und Lieferservice.

„Also, hier haben Sie seine Ausfahrten."

„Er war in der Finkenstraße?"

„Wenn es da steht." Der Chef trocknete eine Pfanne ab.

Silvio und Ulla sahen sich an. „Kurz vor acht." Das sah nicht gut aus für Simon. Er hatte ein Motiv und war am Tatort.

Sie bestellten sich eine Familienpizza mit allem und aßen sie von der Hand. Silvio sah an Ulla herunter. Ein Tomatenfleck auf der Jeans. Warum konnte sie nicht aufpassen. Er schaffte das doch auch. Silvio wischte sich die Hände an der Serviette ab.

„Wir haben ihn.", sagte Ulla.

„Ruhig bleiben." Er dämpfte Ullas Tatendrang. „Ich weiß nicht, irgendwie traue ich ihm das nicht zu. Wir sehen uns jetzt nochmal an, wo Tess Berger gewohnt hat. Ich möchte wissen, warum sie umgezogen ist."

Ulla schnaufte und sagte: „Willst du ihn entkommen lassen? Der haut uns doch ab!"

Silvio sagte nichts, als sie zum Wagen gingen. Er hing seinen Gedanken nach. Dieser Simon sah nicht so aus als würde er jemandem Angst einjagen. Im Gegenteil, er wirkt wie ein gehetztes Tier auf ihn.

Holger schickte die Meldeliste von Tess Berger. „Da fangen wir doch mit der ersten Wohnung an."

Sie fuhren raus. „Hier ist es schön ruhig würde ich sagen.", sagte Silvio, als sie in der Reihenhaussiedlung am See waren. Hohe Bäume. Ruhe. Er läutete bei den Nachbarn und fragte nach Tess.

„Das ist lang her. Da wohnten meine Eltern noch hier."

„Und gab es Probleme?"

„Probleme? Sie sind gut. Hier wurde ein Mensch umgebracht. Da lief eine Party aus dem Ruder."

„Und – wurde der Mörder gefunden?"

„Ja, und verurteilt, es war ein Jugendlicher, der einen Partygast erschossen hat. Aber die waren alle volltrunken und keiner hatte irgendetwas gesehen. Die hatten am nächsten Tag noch Promille. Und einer hat behauptet, das wäre diese Tess gewesen, aber die war zu der Zeit gar nicht da, sondern irgendwie weg."

„Und wissen Sie noch, wer hier gewohnt hat?"

„Das war eine Familie Bosman. Und diese Tess Berger ist dann auch weggezogen."

„Danke. Schönen Tag noch."

Es arbeitete in Silvio. Da war dieser Simon, der ein Motiv hatte und sich in der Nähe des Tatorts aufgehalten hatte, und es gab einen

Mord im Nachbarhaus, auch wenn das schon 20 Jahre her war.

Ulla tippte trotzdem auf den Simon. „Das ist ein Familienzwist, das sag ich dir. Das hier wurde doch alles überprüft."

Silvio fuhr zurück. „Ich will mir die Akten ansehen."

„Dann kümmere ich mich mal um diesen Simon Berger."

Ulla setzte sich an den Rechner und durchforstete die sozialen Medien.

„Er hat einen Facebook-Account und er ist auf Instagram."

Silvio fand die Akte online archiviert. Die Aussage vom Bruder des Täters traf ihn. Er war sich sicher, dass er Tess gesehen hatte, und das obwohl er noch am nächsten Tag über zwei Promille hatte. Geglaubt hatte ihm niemand. Tess hatte in einem Hotel fünf oder sechs Kilometer entfernt übernachtet, weil es ihr zu laut war. Und die Kameras zeigten ihr Auto, das durchgehend dort geparkt war. Sie hatte das Hotel nicht verlassen.

Trotzdem es konnte sein, dass dieser Kevin Bosman sich rächen wollte, egal ob er Recht hatte oder nicht. Und was, wenn er sie verfolgt hatte? Tess Berger war nervös gewesen. Verfolgungswahn hatte ihr Ex gesagt. Aber andererseits, nach so langer Zeit?

„Hier feiern sie auf dem Hof von Sanna Weilers.", sagte Ulla. „Wer?"

„Die Brüder, Sanna, ihre Kinder?"

Silvio schaute ihr über die Schulter. „Wer ist das?", fragte er.

„Ich weiß nicht. Aber vielleicht das Internet."

Er sah auf die Uhr. So spät. „Ich muss los."

„Tango?", fragte Ulla.

„Tango."

„Viel Spaß."

Silvio schwankte zwischen Vorfreude und schlechtem Gewissen, schließlich hatte er Mathilde am Sonntag versetzt, und er war gespannt wie sie ihn empfangen würde.

Als er in der Tanzschule ankam, wimmelte es schon von Leuten. Mathilda, in engen Kleid in rot und schwarz, unterhielt sich angeregt mit einem Herrn mit grau meliertem Haar, der geschätzt zehn Jahre älter war als sie.

Silvio fragte sich ob, er umsonst hier war. Doch sie drehte sich zu ihm und sagte: „Hallo Silvio, darf ich dir Fernando vorstellen. Er ist am Sonntag für dich eingesprungen."

Er war erleichtert, dass sie nicht sauer war, weil er sie versetzt hatte, aber dass sie so schnell jemand anders gefunden hatte, das gefiel ihm auch nicht.

Der Kurs begann. Silvio versank in der Musik und fühlte den Rhythmus. Tango war Leidenschaft. Mathilda bewegte sich so geschmeidig und elegant. Es war eine andere Welt, in die er eintauchte, sobald die Musik lief.

„Und danke, wegen Alfonso.", sagte Mathilda.

„Oh, er hat ja nichts gemacht."

Mathilda drückte ihm einen Kuss auf die Wange.

„ Ich hole uns Getränke." Mathilda brachte Sekt, bunte Cocktails und sie stießen an: „Auf dich", „Auf uns" „Auf Alfonso".

Sein Auto übernachtete irgendwo in der Stadt. Wie er in seine Wohnung zurückkam, daran fehlte ihm später jede Erinnerung.

Dienstag, 12. November

Silvio erwachte mit rasenden Kopfschmerzen, sein Handy läutete, hörte auf, läutete wieder. „Bernstein wo bleibst du, wir haben ein Problem."

Ulla. Er ließ sich zurück ins Kissen sinken.

„Und was? Kaputte Pflanzen?"

„Nein. Die Weilers hat angerufen, sie kann Simon nirgends erreichen. Da stimmt was nicht. Und sie hat mir wirres Zeug über ihn erzählt."

Mit einem Ruck setzte er sich auf. „Ok, hol mich ab, wir fahren hin."

Silvio klatschte sich Wasser ins Gesicht, holte sich im Halbschlaf eine frische Jeans aus dem Schrank, und war fertig als Ulla läutete.

„In Cocktails gebadet oder was?"

„Sei bloß ruhig."

Bei Ulla im Wagen schloss er die Augen. Ihre Fahrkünste brachten ihn an den Rand der Verzweiflung. Wie hatte sie bloß die Führerscheinprüfung bestanden?

Das Wummern in seinem Kopf ließ nach, als er die Augen öffnete war der Weilersche Hof in Sichtweite. Er atmete auf.

Sanna Weilers erwartete sie bereits.

„Ich kann Simon nicht erreichen. Er hat irgendwann einen Typen mit angeschleppt,

Kevin hieß der, und der war zwar nett, aber auch irgendwie seltsam."

„Ist das der?" Ulla zeigte ihr die Fotos, die sie aus dem Account von Simon hatte.

„Ja. Genau. Jedenfalls hat Simon am Tatabend eine Pizza ausgeliefert, aber er lief ins falsche Stockwerk, dann hat er einen Schuss gehört. Er hat runtergeschaut und Kevin gesehen. Und dann hat er Panik bekommen. Er ist auf der Treppe stehengeblieben, hat gewartet bis Kevin weg war und dann ist er raus."

Es sind zwei Männer aus dem Haus gekommen, das sagte die Nachbarin, daran erinnerte sich Silvio jetzt.

„Also hat ihr Bruder den Mörder gesehen und erkannt.", sagte Ulla.

„Ja, und er wusste noch nicht mal, dass die Tote Tess war. Die Wohnung hatte kein Klingelschild und die Bestellung war auf Finkenweg 52, 2. Stock links. Er hatte keine Ahnung."

„Und jetzt haben Sie Angst, dass dieser Kevin ihm etwas angetan hat?"

„Ja." Sanna Weilers liefen Tränen über die Wangen.

„Hieß er Bosman?"

„Ich weiß nicht."

Silvio nickte Ulla zu. „Wir brauchen die Adresse von diesem Bosman."

Ulla klappte ihren Laptop auf. „Da gibt es zwei davon." Sie deutete auf die Karte. Genau entgegengesetzt.

„Wir fahren da jetzt hin. Bring mich zu meinem Wagen. Ich nehme den. Und du fährst zum andern. Aber keine Risiken. Sieh dich erstmal um. Ich komme so schnell ich kann."

„Und was ist, wenn Bosman bei Simon ist?"

Silvio hielt inne. Ulla grinste. Das Microdosing wirkte. Sie fühlte sich fit und frisch. „Trotzdem wir fahren erstmal zu diesen Bosmans."

„Wie du willst."

Zum ersten Mal seit Tagen war es trocken, aber kalt. Ulla fuhr zu „Bosman eins", wie sie ihn nannte.

Die Umgebung veränderte sich, es war alles so intensiv plötzlich, die Farben stark, aber die Konturen der Straße und der Häuser verschwammen. Sie fühlte sich seltsam. Ob das von den Pilzen kam?

Hier, hier wohnte dieser Bosman. Sie läutete. Sie presste ihren Finger auf die Klingel. Ein Mann öffnete. Das war er, der vom Foto. Ihr wurde schwindelig und schwarz vor den Augen.

Kevin Bosman

Was wollte die junge Frau von ihm? Warum brach sie ausgerechnet vor seiner Haustür zusammen? Er zog sie ins Haus, fand ihren Ausweis. Ulla Hummer, Kripo Berlin. Wie waren sie auf ihn gekommen? Simon war abgehauen. Der hatte keine Pizzen mehr ausgeliefert. Egal. Aber sie sah nicht gut aus. Sie brauchte einen Arzt.

Er brachte sie in stabile Seitenlage. Der Wagen war gepackt. Tess umzubringen war eins, sie hier womöglich sterben zu lassen etwas anderes. Er rief den Notarzt, ließ die Haustür offen und fuhr los.

Silvio

Silvio kam nach dem Notarzt an. „Was ist passiert?"

„Die junge Frau hat ein Problem mit dem Kreislauf."

Silvio sah sich um. Bosman war weg. Er war ihnen entwischt und er hatte vorher den Notarzt gerufen.

Ulla kam wieder zu sich als Silvio im Krankenzimmer saß. „Ulla was war das denn?"

„Ich weiß nicht, bei Microdosing kann doch gar nichts passieren oder?"

„Wobei?"

„Na, diese Pilze gegen depressive Verstimmungen und so. Und man wird auch Leistungsfähiger."

„Welche Pilze?"

„Die in meiner Jackentasche."

Silvio griff in ihre Jackentasche. „Magic Mushrooms.

„Mensch Ulla. Wie viele davon hast du gegessen?"

„Einen und noch einen halben."

Silvio sagte nichts mehr. Er dachte nur: „Glückspilz".

Am Abend trank er sein Bier auf dem Balkon, sah in die Ferne. Am Wochenende kam Sandrine zurück und dann nahm er frei und fuhr mit ihr an die Ostsee. In dem kleinen Haus am Meer waren sie beide immer glücklich.

Tess Berger, Mittwoch 6. November

Tiefste Nacht umgab sie, dabei war es gerade mal 20 Uhr. Der Wind drückte die Regentropfen an ihr Fenster und sie fühlte sich unwohl. Schon den ganzen Tag über war sie nervös. Solange sie sich auf ihre Arbeit konzentrierte war alles gut. Aber wehe, sie legte eine Pause ein. Jedes Geräusch ließ sie aufschrecken. Hatte er sie gefunden? Allein der Gedanke ließ ihr Herz rasen. Nein, sie atmete tief. Das konnte nicht sein. Niemand kannte ihr Versteck.

Niemand kannte es außer ihrer Schwester.

Und auf die war Verlass.

Sie setzte ihre Taucherbrille auf, wie immer zum Zwiebelschneiden. Es läutete. Das war die Pizza. Sie öffnete und noch während sie die Klinke nach unten drückte, fiel ihr ein, dass sie heute keine bestellt hatte. Das war er. Er zielte mit einer Pistole auf sie und drückte ab. Sie taumelte nach hinten, stürzte zu Boden.

20 Jahre zuvor

„Das Haus ist frei, Sie können sofort einziehen." Ihr Herz machte einen Satz. Das Reihenhaus war genau das was sie suchte. Nicht zu groß, am Stadtrand, ruhige Lage. Am den Garten vorbei führte ein Wanderweg zum See. Sie sah sich laufen und schwimmen gehen. Ein Paradies. „Und wie ist es mit den Nachbarn?"

„Ich versichere Ihnen, es ist eine absolut ruhige Gegend. Im Haus links nebenan wohnt ein älteres Ehepaar und rechts eine Familie mit zwei Söhnen, die aber schon groß sind. Also es ist kein Kindergeschrei zu erwarten."

Das hörte sich gut an.

„Ja, ich kaufe es." Es waren ihre Ersparnisse und ein Kredit.

Die Maklerin machte den Termin und wünschte ihr Glück.

Die ersten Wochen liefen wie im Traum. Sie erwachte von der Sonne, die auf ihr Gesicht schien, Vögel zwitschern, Ruhe. Sie machte sich als Analystin einen Namen. Sie war gut. Sie arbeitete hart. Das einzige, was sie brauchte, war Ruhe, absolute Ruhe. Und die hatte sie hier. Das Leben meinte es gut mit ihr. Soweit.

Bis zu diesem Nachmittag im Juni. Es war ein warmer Tag, der erste, der als Sommertag durchging. Sie hörte wie die Nachbarin sagte: „Also bis nächste Woche. Macht`s gut und meldet euch, wenn es Probleme gibt."

Sie schloss das Fenster. Draußen standen die Jungs. Sie gaben sich high five. Die Eltern waren aus dem Haus. Hoffentlich ging das gut. Bisher konnte sie sich nicht beschweren. Aber wenn die Eltern aus dem Haus waren? Sie war unruhig. Abwarten. Keine Panik. Sie vertrug keinen Lärm. Bei Lärm konnte sie nicht denken. Sie brauchte Ruhe.

Sie fuhr in die Stadt, Kundengespräch. Als

sie zurückkam räumten die Jungs das Auto

aus. Zwei Bierkästen, jede Menge Schnaps.

Nach Wochenendeinkauf sah das nicht aus.

Wollten die eine Party schmeißen? Nicht

hier. Nicht heute. Sie hatte einen Auftrag.

Den größten bisher. Den durfte sie nicht in

den Sand setzten.

Es war halb zwei Uhr nachmittags. Sie

arbeitete konzentriert und ruhig.

Spätestens heute Abend war sie durch.

Wenn es ruhig war. Ab vier Uhr

nachmittags trudelten die Gäste ein und

wurden mit einem lauten Hallo

empfangen. Sie riss sich zusammen. Es war

sicher eine einmalige Sache, Geburtstag

oder so, die Eltern nicht zu Hause. Kein

Grund zur Sorge. Sie würde ihre Ohrstöpsel

benutzen und dann war es ruhig. Es wurde

gegrillt, wenigstens blieb der Rauch

draußen. Aber gegen den Lärm schützten

die Fenster nicht.

Sie arbeitete weiter. Inzwischen hatten sich

acht Jungs auf der Terrasse versammelt.

Anstoßen, klirren, lautes Lachen, Johlen.

Laute Musik. Störte das niemanden außer

ihr in der Nachbarschaft? Sie legte sich

schlafen. Erwachte jäh. Sie wusste nicht

mal warum. Irgendetwas war nicht in

Ordnung, das sagte ihr ihr Instinkt. Sie

öffnete die Tür zum Wohnzimmer einen

Spalt weit. Sie sah direkt hinaus auf ihre

Terrasse, wo sie sich breit gemacht hatten. Sie waren alle da. Und sie hatte Angst. Ob sie die Terrassentür ordentlich abgesperrt hatte? Da flog eine Flasche gegen die Fensterschreibe. Sie trat einen Schritt zurück. Jetzt drückten sie ihre Nasen und offen Münder ans Fenster, zogen Fratzen. Johlten. Sie zog sich zurück ins Schlafzimmer, schloss die Tür und sperrte ab. Was wenn sie hereinkämen? Ihr Herz schlug bis zum Hals, sie hatte schweißnasse Hände vor Angst. Sie erstarrte vor Schreck. Totstellen kam ihr in den Sinn. Draußen wurde es ruhiger. Langsam ließ die Spannung in ihr nach. Sie sank auf ihr Bett und blieb bewegungslos liegen. Gegen vier Uhr morgens erwachte sie. Es war absolut ruhig. Eine halbe Stunde später wurde es hell, die Vögel zwitscherten als wäre nichts gewesen. Sie trat hinaus auf die Terrasse. Es roch nach Bier, die Terrakottafliesen waren übersäht mit Kippen, kaputten Bierflaschen. Dreck. Ihr Blumenbeet zertreten.

Sie schlich in den Garten der Nachbarn und pirschte sich an das Wohnzimmer heran. Die Terrassentür stand halb offen. Drinnen lagen sie verteilt auf Sofa, Boden und Sesseln. Sie schnarchten. Und vertrauten dem Leben. Nichts und niemand konnte Ihnen etwas anhaben.

Müde und voller Wut kehrte sie zurück in ihr Haus. Der Sprung im Fenster zog sich über die ganze Breite. Die Anspannung ließ

nach, sie hatte keine Kraft mehr, sperrte

ab, stellte den Wecker auf halb elf. Wenn

es ruhig blieb, dann konnte sie ihren

Auftrag abschließen. Wenn es ruhig blieb.

Sie hoffte, dass diese Party ein einmaliger

Ausrutscher war, dass die Jungs das nicht

mehr machen würden. Doch am

Nachmittag wurden wieder Bierkästen ins

Haus getragen. Sollte sie etwas sagen? Sie

wagte es nicht.

In dieser Nacht tat sie kein Auge zu. Der

Lärm war unerträglich. Die Musik zu laut.

Am nächsten Morgen redete sie mit dem

älteren Ehepaar neben ihr.

„Wir haben nichts gehört. Wissen Sie, im Alter hört man nicht mehr so gut."

Sie war auf sich gestellt. Und sie sagten auch. „Ach, was wir waren doch alle mal jung." Als ob laute Partys zum Jung sein gehörten.

In der nächsten Nacht stieg der Lärmpegel weiter an. Was wenn das jetzt jede Nacht so ging? Flaschenklirren, Musik, die Bässe wummerten. Die Fensterscheibe vibrierte. Aber niemand außer ihr regte sich auf. Sie hatte zu tun. Sie läutete bei den beiden. „Kevin. Wir waren der ollen zu laut."

„Echt jetzt. Soll sie halt rüber kommen. Mitfeiern."

Ihr wurde schlecht. Diese widerlichen Typen.

In dieser Nacht wurde es laut. Und es läutete bei ihr. Jemand hämmerte gegen die Tür. „Hey du, komm auf unsere Party. Wird bestimmt nett."

Grölendes Lachen. Sie hielt sich still. Bewegte sich nicht, atmete kaum noch. Endlich verschwanden sie von der Tür.

„Nächstes Mal holen wir dich."

Sie atmete tief aus. Nein. So ging das nicht weiter. Sie ließ sich nicht vergraulen. Niemals. Um vier Uhr schlich sie wieder hinüber. Wieder stand die Tür offen, alles schlief.

Zurück in ihrer Wohnung fühlte sie sich unsicher. Es war einfach die Scheibe einzuwerfen und schon standen sie vor ihr. Was dann? Sie brauchte einen Plan.

Und am Ende schien alles ganz einfach. Nur der Plan hatte Vorlaufzeit. Und sie hatte Aufträge. Sie arbeitete schnell und zuverlässig. Urlaub war nicht drin.

Der Abend kam und mit ihm die Angst. Erst klirrten die Flaschen, dröhnte die Musik, die Bässe hämmerten und dann standen sie an ihrer Terrassentür stierten herein und hämmerten dagegen, bis sie aufsprang. Für eine Sekunde schien es als wären sie überrascht. Dann sagte einer „Nur herein in die gute Stube." Das war Marvins Stimme.

Sie zitterte, sperrte das Schlafzimmer ab und kletterte aus dem Fenster. Sie lief so schnell sie konnte und rief die Polizei.

Es dauerte bis sie kam und dann war alles ruhig. „Entschuldigen Sie, aber die Tür war vermutlich nicht abgeschlossen, man sieht nichts. Er sah sie mitleidig an. „Ja, so junge Leute können schon nerven. Aber jetzt ist doch alles ruhig."

Sie glaubten ihr nicht. Sie war auf sich gestellt.

Und sie würde ihren Plan umsetzen. Sie bestellte sich eine Waffe auf Kevin Bosman. Ablageort „Schwarze Tonne". Die Lieferung kam um zehn Uhr morgens. Die Jungs

schliefen noch. Der Kurierfahrer sah sich

nicht um, er deponierte das Paket in der

Tonne. Als er weg war, holte sie es sich.

Dann buchte sie sich ein Hotel, für die

nächsten beiden Nächte. Ein Hotel am See,

fünf Kilometer entfernt. Es lag an ihrer

Laufstrecke. Sie brauchte dafür maximal 24

Minuten. Nicht länger. Sie gab den

Nachbarn links Bescheid, dass sie wegfuhr

mit der Bitte, doch die Zeitung aus dem

Briefkasten zu nehmen.

Sie reiste mit dem Auto an, ihrem Koffer

und ihrem Arbeitsrechner. Sie bestellte

Essen aufs Zimmer, gab üppig Trinkgeld.

Sie stellte den Fernseher an und verließ ihr

Zimmer über die Hintertreppe, checkte die Kameras. Am Hinterausgang war keine, und es war eine Fluchttür, also Tag und Nacht offen.

Um halb vier Uhr morgens verließ sie das Hotel. Der dicke Teppich auf dem Flur schluckte jeden Laut. Sie lief ihre Laufstrecke nur im Mondlicht. Sie kannte jeden Stein und jeden Strauch am Wegesrand.

Dann stand sie vor dem Haus. Wie die letzten Male schlich sie durch den Garten zur Terrassentür. Marvin saß in einem Sessel und schnarchte. Sie stellte sich hinter Marvin, ging in die Knie, schoss aus seiner Höhe. Auf den Typen gegenüber. Ins Herz.

Auch mit Schalldämpfer hatte sie das Gefühl alle würden wach werden, aber sie waren mehr bewusstlos als schlafend. Keiner regte sich. Sie legte die Waffe Marvin in die Hand. Moment, hatte der am Boden gerade die Augen offen? Sie starrte hin. Nein. Nichts. Sie lief hinaus und verschwand in der Dunkelheit. Im Hotel war es still. Der Nachtportier stand an der Rezeption. Aber er hatte sich in eine Zeitung vertieft, den Hintereingang nicht im Blick. Sie huschte vorbei, hinauf in ihr Zimmer.

Am nächsten Morgen frühstückte sie im Hotel, schwamm ein paar Bahnen im Pool, arbeitete. Sie befand sich in einem *seltsamen Gefühlschaos. Immer wieder tauchten die Bilder der Nacht in ihr auf, immer wieder der Moment, in dem sie abdrückte. Erleichterung. Freiheit. ihr Haus gehörte wieder ihr.*

Sie vergaß die Geschichte. Sie zog immer wieder mal um, verbesserte sich, fand Freunde, verlor sie. Lernte neue kennen. Das Leben legte sich Schicht um Schicht darüber und nur wenn sie sehr angespannt war träumte sie davon. Bis zu diesem Tag im letzten Frühling.

Sie suchte nach einem Geburtstagsgeschenk für ihre Schwester. Die Rolltreppe trug sie nach oben. Sie schaute gerade aus ohne Ziel und ihr Blick glitt über die Menschen die eine Armlänge entfernt nach unten fuhren. Und dann sahen sie sich in die Augen. Er hatte immer noch diese struwweligen Haare, Sweater, Jeans, derselbe Stil. Ein Blitzen in seinen Augen. Er hatte sie erkannt und beide wussten, dass SIE es getan hatte. Er hatte sie gesehen, als er am Boden lag.

Von jetzt an war sie auf der Flucht.

Notizen Bosman

Es war der erste schöne Tag in diesem Jahr. Ich war einkaufen, da sah ich sie. Und sie sah mich, dieser Blick, genauso wie damals als ich auf dem Boden lag, nur kurz die Augen offen hatte und sie meinem Bruder die Waffe in die Hand legte. Nur in diesem einen Moment war ich klar und bei vollem Bewusstsein. Gelglaubt hat mir das nie jemand. Aber ich weiß es. Sie war da und dafür wird sie bezahlen. Und zwar jetzt.

Sie fährt nach oben, ich nach unten. Aber ich folge ihr durch die Abteilungen. Sie kauft für ihre Wohnung ein, Deko und so. Sie genießt ihr Leben. Nicht mehr lang. Im Geschäft ist es kein Problem ihr zu folgen. Als sie im Parkhaus zu ihrem Wagen geht, notiere ich mir das Kennzeichen. Ich bekomme heraus, wo sie wohnt. Im Internet ist das ganz einfach. Sie hat immer noch ihren Namen und sie hat eine Firma. Schön für sie und für mich.

Ich folgte ihr von ihrer Firma zu ihrer Familie, zu ihrer Schwester auf den Bauernhof auf dem Land, ich suchte nach ihren Brüdern im Netz und fand sie. Der jüngere, dieser Simon, der war interessant. Er lebte abseits, in einem Sozialbau. Ich fing an in dieser Gegend rumzulungern. Mein Job in der IT als Freelancer, der lief so nebenher. Und ich kriegte ihn. Wir freundeten uns an. Ich brachte Zigaretten aus Polen mit und Schnaps. Simon hatte eine schräge Karriere vom Bauhelfer bis zum Pizzaboten. Und da hatte ich eine Idee. Simon sollte sehen, wie ich seine Schwester umbringen würde. Und er sollte der Hauptverdächtige sein. Ein Motiv hatte er genauso gut wie ich. Diese Trulla hatte ihren Bruder wegen seiner Hanfplantage angeschwärzt. Ihm seinen Lebensweg verbaut.

Heute hat sie ihren Facebook-Account gelöscht und auch ihr Instagram. Sie fühlt sich nicht mehr sicher. Sie sieht sich oft um, wenn sie beim Einkaufen unterwegs ist und sie ist unsicher.

Sie hat Angst. Ich genieße das. Sie hat sich in einer heruntergekommenen Gegend eine Wohnung gemietet. Alles nur, damit ich sie nicht finde. Dabei habe ich sie schon lange gefunden.

Morgen ist es soweit. Ich schlage zu. Simon hat einen Zweitjob als Pizzaboten angenommen. Ich habe ihn auf die Idee gebracht und bei Tess die Werbung eingeworfen. Es funktioniert. Sie bestellt dort. Ich habe schon ein oder zweimal den Lieferanten gesehen.

Ich bin nach oben gelaufen. Stand vor zwei Wohnungstüren. Das Biest hat kein Namensschild und die anderen auch nicht. Ich habe geläutet. Mit meiner Pizzaschachtel in der Hand.

Mir hat eine junge Frau geöffnet. Das war es nicht.

Sie hatte nichts bestellt. Ich habe mich entschuldigt. Hoffentlich erinnert sie sich nicht an mich.

Es ist schon dunkel draußen. Ich gebe in für Tess eine Pizzabestellung bei „Miranda" auf. Simon wird sie ausliefern. Das ist sein Gebiet. Es ist acht Uhr. Wo bleibt er bloß? Er ist sicher schon oben. Ich gehe hoch, läute. Sie öffnet, ich erkenne sie fast nicht mit ihrer Taucherbrille. Aber sie erkennt mich sofort. Ihr Mund öffnet sich für einen Schrei. Ich sage: „Zahltag" und schieße. Sie fällt um, sieht tot aus. Ich renne weg, springe in den Wagen und fahre. Wo war Simon?

Es ist egal. Ich tauche unter. Ich habe einen neuen Pass mit dem ich eine Wohnung in Finnland gemietet habe.

Aber vorher muss ich die Sache mit Simon in Ordnung bringen.

Personen und Handlungen sind frei erfunden. Ähnlichkeiten mit lebenden oder bereits verstorbenen Personen sind zufällig und nicht beabsichtigt.